PALM BEACH COUNTY
LIBRARY SYSTEM
3650 Summit Boulevard
West Palm Beach. FL 33406-4198

Textos: Lorena Marín
Ilustraciones: Marifé González
Revisión: Ana Doblado

C/ Campezo, 13 - 28022 Madrid
Tel.: 91 3009100 - Fax: 91 3009118
www.susaeta.com
D.L.: M-9010-MMXII

Animales

Profesor

Lorena Marín
Marifé González

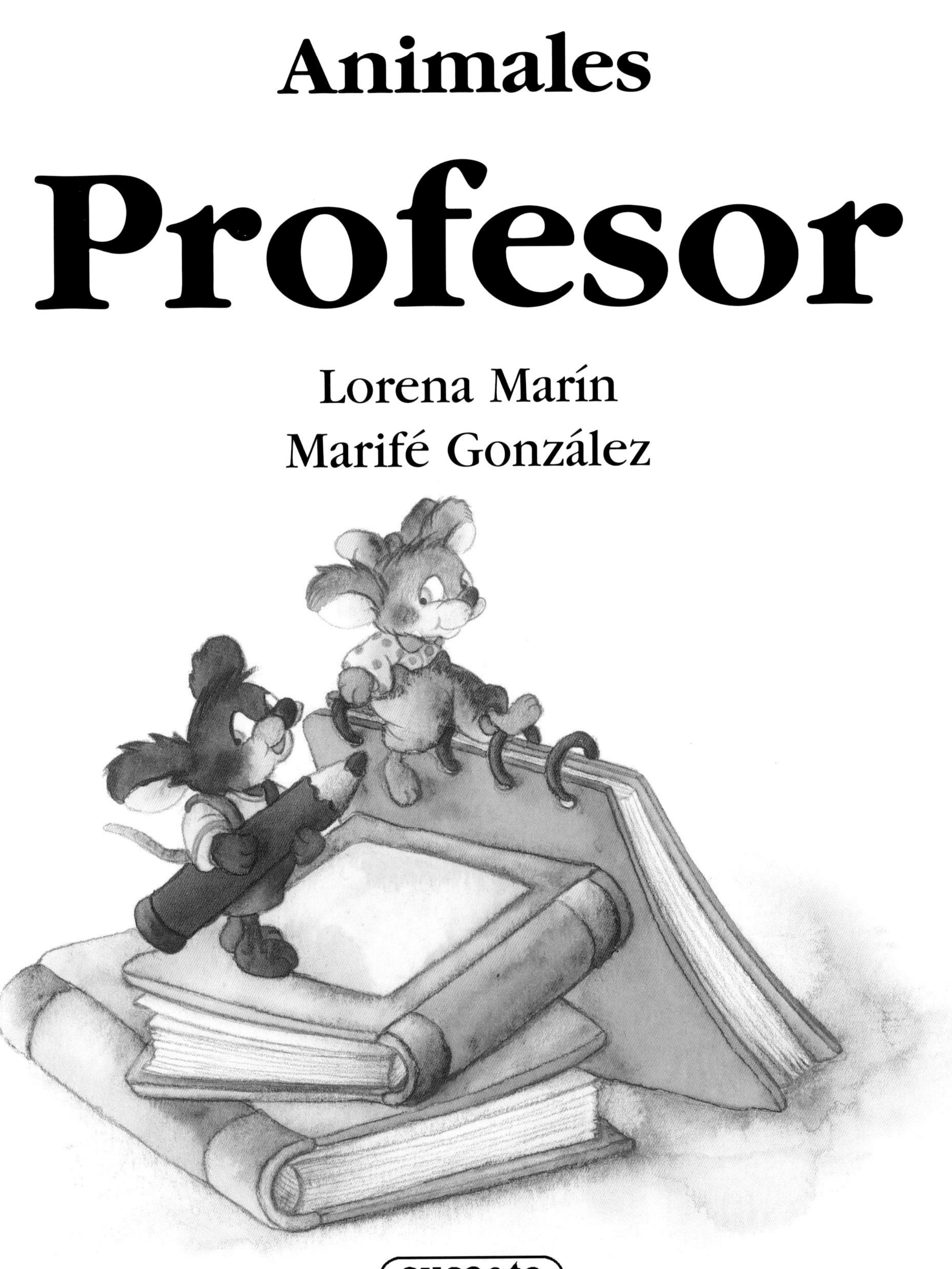

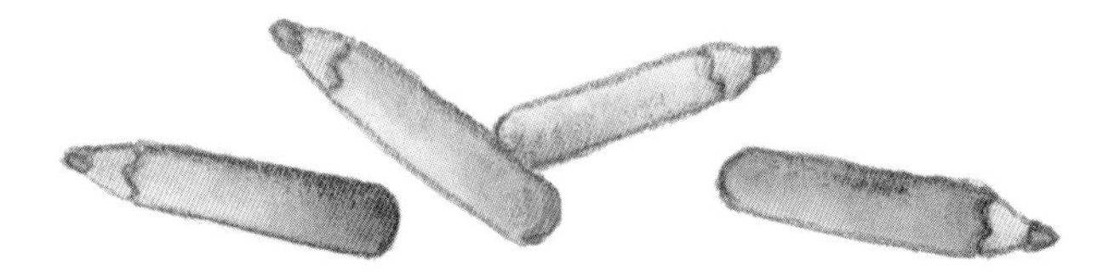

Al pueblo de Fuenteseca de los Gansos ha llegado un nuevo maestro.

—Buenos días a todos. *Me llamo Aitor y soy vuestro nuevo profesor.*

—¡Buenos días! —contestaron los alumnos.

—Como don Bernardo se ha jubilado, me toca a mí estar a vuestro lado…

Se abrió la puerta de la clase interrumpiendo al maestro; muy acalorada, entró una cerdita:

—Siento el retraso, pero esta mañana no he oído el despertador.

—El refrán dice que *Al que madruga, Dios le ayuda*. Bien, *empecemos por la décima lección de vuestro libro de redacción*.

A estas alturas, los alumnos ya se habían dado cuenta de que al nurvo profesor le encantaba hacer pareados y frases que rimaran.

El joven búho consultó la lista con los nombres de sus alumnos.

—A ver... Kirikí, lee el ejercicio.

—El sonido «**dr**»: *dra, dre, dri, dro, dru. El* ***dr****agón Ro****dr****igo...*

—¡EL DRAGÓN! —gritó el maestro saltando sobre un pupitre.

Los quince escolares dieron un respingo: ¡su profesor se había vuelto loco de repente!

Desde lo alto de la mesa, con un bolígrafo apuntando a los chavales como si de una espada se tratara y con el libro de música a modo de escudo protector, el maestro clamó:

—En la antigua ciudad de Silca, vivía un enorme dragón que atemorizaba a todos un montón...

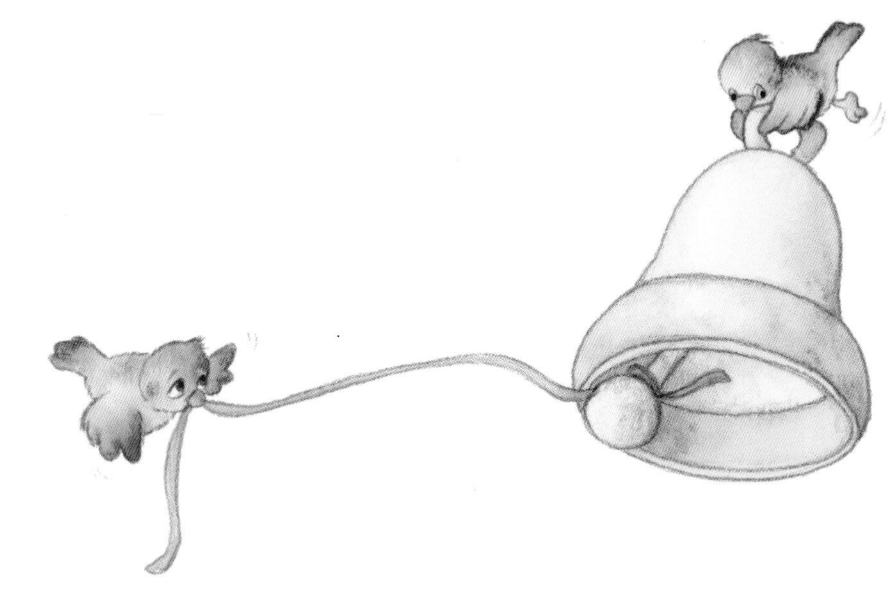

Y, durante las dos horas siguientes, el maestro les contó
la historia de San Jorge.

Cuando sonó la campana del recreo, los niños estaban tan boquiabiertos, que nadie corrió al patio a jugar y tomar el bocadillo.

La directora de la escuela, extrañada al no verlos, se acercó al aula para ver qué estaba ocurriendo.

—¡Lo siento! —exclamó el maestro—, *San Jorge y el dragón se me han escapado volando por el balcón...*

—¡¿Qué?!

La directora no entendía nada.

—Quiere decir que se le ha ido el santo al cielo —le explicaron los alumnos.

25 − 3 = 22

Por la tarde tocaba clase de matemáticas.

—¿Para qué las necesitamos? —preguntó el osito Beni.

—¡Son un rollo! —protestaron Benjamín y Crispín.

—Veréis... —carraspeó el maestro—. *Las matemáticas, como tu idioma, no te las debes tomar a broma. Por eso, presta mucha atención a esta complicada lección. Para la tabla del ocho y del nueve memorizar, saltando a la pata coja hay que recitar por el pasillo hasta llegar a secretaría, ¡con mucha energía!*

Los chavales se miraron desconcertados, pero les pareció una idea divertida y se apresuraron a ponerla en práctica.

Cuando terminaron el recorrido, ¡se habían aprendido las tablas!

Alertados por tanto alboroto, los demás profesores salieron de sus aulas.

La directora, la secretaria, la jefa de estudios, el conserje, la cocinera y las limpiadoras acudieron curiosos.

—Es solo una regla nemotécnica, un simple truco de memorización; perdonen la inoportuna interrupción —se disculpó el joven búho.

—¡Genial!

—¡Yupi!

—¡Bravo!

—¡Mola! —gritaban los niños.

La directora se preguntó si había hecho bien en contratar a ese joven con unas prácticas educativas tan extrañas...

Al día siguiente, la clase tenía prevista una salida didáctica a un fábrica de chuches y gominolas.

Un amable empleado recibió a los niños y a su profesor. Mientras explicaba cómo se elabora el chicle de menta, se oyó un gran ¡PLUM!

—¡Profe, profe, Pepito se ha caído en la cuba de los caramelos de miel!

Pepito era un gato muy glotón. Como le encantaban los dulces, no podía esperar a probarlos al final de la visita...

El pobrecillo intentaba mantenerse a flote en el espeso jarabe. Sin pensárselo dos veces, el profesor saltó dentro del tonel.

A pesar del susto, Pepito aprovechó la situación para lamer el caramelo de sus patitas.

Mientras tanto, algunos chiquillos habían organizado una pequeña batalla de piruletas y cuatro niñas competían para ver quién hacía el globo de chicle más grande.

A Panchito le volvían loco las chocolatinas y se había comido cinco paquetes de bizcochitos. Al cerdito empezó a dolerle mucho la tripa.

—Llamaré a Doctoroso, ¡vaya día me están dando estos mocosos! —suspiró el maestro.

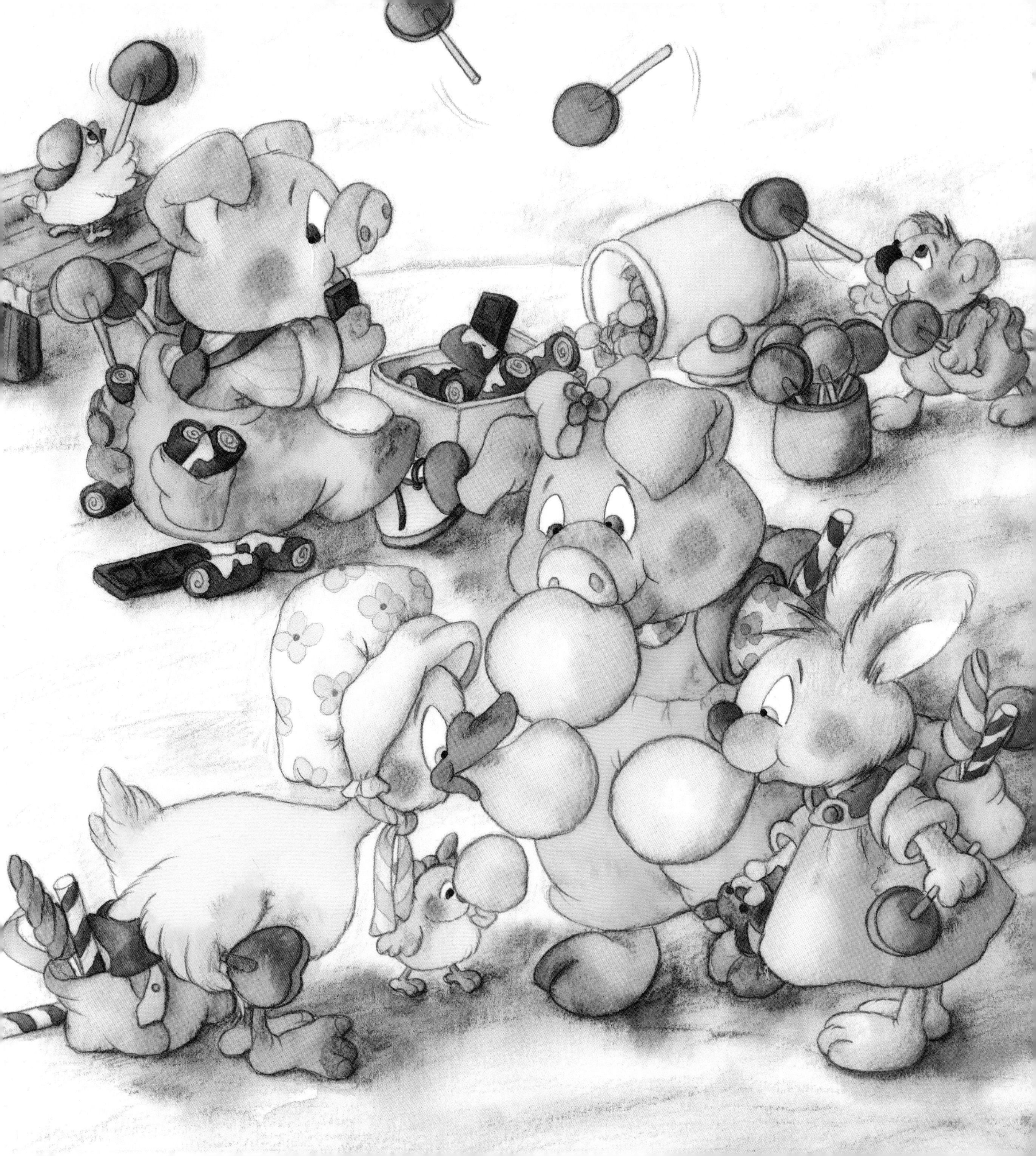

El médico llegó enseguida.

—*El buen chocolate aporta energía y bienestar, pero si tomas demasiado al hospital te mandará* —explicó.

¡Vaya, a Doctoroso también le gustaban las rimas! Entre él y el maestro empezó un duelo divertido.

—*Un tazón de manzanilla le aliviará el dolor de tripilla*.

—*Pero no le hubiera sentado mal el bizcocho si no fuera tan goloso...*

A pesar de los pesares, el regreso en autobús fue alegre; los niños llevaban las mochilas y las barriguitas llenas a rebosar de golosinas.

Cuando el maestro propuso cantar «Tengo una vaca lechera..., me da leche merengada...», todos se pusieron a gemir, mareados con solo pensar en la comida.

—*El comer y el cantar, todo es empezar. ¡A nadie le amarga un dulce!*

Esta vez, en el autobús nadie tuvo fuerzas para reírse.

El joven búho quería que sus clases fueran dinámicas y divertidas, que los alumnos aprendieran jugando y que disfrutaran de los nuevos conocimientos.

Para explicar una lección de ciencias, se le ocurrió montar un experimento…

—*Hoy, aprenderemos en un instante cómo se hacen pompas de jabón gigantes. Necesitamos un ambiente húmedo y sin pizca de viento: cerrad las ventanas y coged los instrumentos. En esta vitrina encontraréis agua, jabón y glicerina, y estos aros de color rosa son para mojarlos en el agua jabonosa.*

Los chavales prepararon concienzudamente sus mezclas.

Al principio les costaba alcanzar el efecto deseado. Pero, poco a poco, algunos lograron formar grandes pompas de jabón.

Beni, el osito, como era el más alto y el más fuerte, consiguió una verdaderamente enorme.

—¡Métete dentro de mi pompa! —le propuso a Berta.

La cerdita, con mucho cuidado para no romperla, se introdujo en ella. Le divertía estar dentro de una bola transparente, pero al cabo de un rato se agobió y quería salir:

—¡Socorro! ¡Auxilio!

La superpompa no se rompía ni por casualidad...

—Intentaremos romperla con aire —decidió el maestro—. *Pedidle un secador de pelo a una monitora, pero que no se entere la directora. ¡Y de par en par abiertas las ventanas y la puerta para ayudar a la pobre Berta!*

Con tanta corriente y viento, la pompa con la cerdita dentro salió volando por el aula. Al llegar al techo, tocó la lámpara y se pinchó.

Afortunadamente, la cerdita cayó en brazos del maestro.

—¡Qué guay! —gritaron todos—. *¡Nosotros, de mayores, también queremos ser profesores!*